안양여성문학회 동인지 8

안양시학

안양여성문학회 동인지 8

안양시학

차례

노수옥

류순희

박은순

이지호

장유정

장정욱

정이진

한명원

한인실

허인혜

특집

노 수 옥

바람의 말투 외 4편

바늘의 말투로는
아무리 뾰쪽한 말의 끝도 자를 수 있지
꽉 막힌 말투에
톡, 한 방울 꽃을 피울 수 있어
혹은 뜯어지거나 벌어진 말을
깁고 수선할 수 있지만
풀리지 않아 난해한 실타래는 삼켜버리지
가시가 돋친 무덤덤한 표정으로
빨간 보호색을 입지

침침한 말투로는 절대 꿸 수 없는
봉합의 실 끝
곳곳을 지나가며
누비는 실의 선두先頭는 절대
헝클어지거나 꼬이지 않아
어떤 말투로는 옷을 지을 수도 있지

박음질로 곱게 누빈 표정은 직설적이야

긴 실타래가 똑똑 송곳니를 거쳐 오듯
점점이 끊어져 내리는 눈
옷 한 벌 짓지 못한
눈밭을 누비며 지나간 저 설치류들의
발자국은 또 어떤 바늘의 끝
발갛게 시린 말투들일까

귀를 놓친 바늘은
또 다른 실수를 찌르겠지만
바늘의 말투로 허상의 사람 하나를
꿰매야 할 때도 있어

여독

아름답다고 여긴 곳들이
절룩거리며 따라다녔다
가는 곳마다 기후를 가득 넣은 주사를 맞았다
경로를 벗어날 때마다 탄성이 터져 나왔지만
그건 삐걱거리는 소리들이었다

내가 여행한 곳은
흙탕물이 특산품이었다
호수와 흐르는 강 밑바닥엔
오래전 가라앉은 진흙으로 지은 성들이 지금도
누렇게 풀어지고 있다고 했다
소매가 짧아진 겨울
난로들의 무덤이 곳곳에 있었다

손잡이가 쓴 위즐커피를 마신다
혀끝을 깨물고 놓지 않는 사향족제비는

사향고양이의 후임자라고 했다
족제비 다음에는 코끼리가 그 다음에는
아무도 묻지 않는 죄가
그 뒤를 이을 것이라고 했다

초침과 분침이 자지러지는 시간
낯선 것들이 익숙함으로 돌아올 때
며칠을 걸친 여독이 된다
즐거운 몸으로 너무 오래 고통을 놓쳤다
놓친 풍경들의 후기後記가
집요한 태양을 앓는다

파문

나는 작은 몸짓에도 빠르게 반응해
당신이 터치하는 순간, 감정에 주파수를 맞추지
떨림으로 중심은 흐려지고
둥근 물무늬는 가장자리를 향해 번져가지
절정의 순간도 기억하지 못하는 일회용이야
나는 또 새로운 파장으로 문신을 새기고
똑같은 표정을 지을 거야
빗나간 사랑놀이에도 대답은 언제나 동그라미
내 몸에 새긴 파문을
물의 지문이라고 말하지
하지만, 내 뼛속에는 불온한 씨앗이 들어있어
감쪽같이 지우고 평상심을 유지해
입을 꾹 다문 채

무화과

내 잎은
부끄러움을 가리는 최초의 치마
너울거리는 치마폭엔
파괴된 약속을 숨겨놓았죠
거짓과 몸을 섞고 꽃을 숨긴
내 출혈 같은 흔적이 몸속에 남아있어요
겨드랑이에 조롱조롱 매달린 상처를
모두 열매라고 불러요
젖비린내 나는 물컹한 살이 갈라지면
뱀의 혀처럼 달콤한 거짓말이 입안에서 사르르 녹아요
無花果라는 이름으로

처마

낙수로 똑똑 파문의 도장을 찍는
저 움푹한 바닥은 하늘을 받아낸 흔적
비바람이 매달렸던 홑처마는
들이치는 빗소리를 밖으로 돌려세운다

처마 밑은 씨앗들의 휴식처
일렬로 서 있는 옥수수와
주렁주렁 씨앗 봉지가 매달린 공중창고
껍질이 단단한 씨종자 속에
연둣빛 봄의 부리가 들어있다
칼바람이 온순해지면
매달렸던 창고의 빗장이 풀린다

껍질을 쪼아대는 바람의 여린 부리
달려온 들판에 봄이 빼꼼, 돋는다

추녀 끝에 매달린 물고기 한 마리
퍼덕이는 봄바람의 찌를 문다
공중으로 번져가는 파문
봄날은 굳이 지붕이 필요없다

햇살을 물고 있는 처마 밑에
서까래로 짜놓은 그늘이
가지런히 놓여있다

충남 공주 출생
중앙대예술대학원 문예창작전문가과정 수료
중앙대 잉걸회 동인
한국문인협회, 서울시인협회, 안양여성문학회 회원
시집: 『사과의 생각』, 『기억에도 이끼가 낀다』
jadehill1004@hanmail.net

딱딱한 숲

가을로 가는 나무

류순희

딱딱한 숲 외 1편

그 마을엔
사각의 딱딱한 유전자가 있는 것들은 살지 않았지

자연의 몸에서 태어나 자연으로부터 관리 받던
언제나 젊고 영리해서 믿음직한 소나무
고상하고 단아한 외모만큼 처신이 깔끔한 자작나무
깊게 팬 피부가 두껍고 푹신한 체질의 굴참나무

풀벌레와 새들과 다람쥐의 이력이 빼곡히 적혀있던 숲
그런데 요즘들어 부쩍
굴착기 소리 요란하고 포클레인 드나들더니
숲이 점점 더 흔들리며 아파한다지

처방전 없는 난치병
이삼 년 동안 앓고 나면 돌연변이처럼
직사각의 외모로 태어나는 저 콘크리트 덩이들

그곳엔 이제 소나무 자작나무 굴참나무 대신
사람으로부터 관리받는
편리한 아파트가 산다고 하지 뜨란채 꿈에그린 e편한세상
떠도는 소문에 휘말려 앓아누운 마을들이
우후죽순처럼 아파트 숲으로 바뀌어 간다지

가을로 가는 나무

또 하나의 계절이 지나갑니다

마른 잎이 떨어지기 시작합니다
푸석한 가지에 노을이 걸리면
스치는 바람도 달갑지 않아
제 잎 하나씩 떨구며 갑니다

없는 꽃도 피우던 잎새들의 이야기
가지마다 오롯이 새겨있는 나무

지금은
발 아래 뒹구는 낙엽만
물끄러미 바라보고 서 있어야 한다는 걸

카페촌 유리창에 비친
쓸쓸한 나무의 모습이 일러 줍니다

고분고분히 가고 있는 나무

한국문인협회. 안양문인협회 회원
안양여성문학회 회원
(사)안성문인협회 문학공로상 수상
moonvic@hanmail.net

축제

해넘이

박은순

축제 외 1편

방충망에 붙은 매미소리 뜨겁다
7년 만의 외출이 마냥 즐거워
땅속에서 굼벵이로 살아온 기억은 까맣게 잊었다
약속이나 한 듯 일제히 아우성치는
축제가 한바탕 펼쳐진다

처음이자 마지막으로
우화등선羽化登仙 한다면 누군가를 위해
저토록 뜨거운 가슴을 품으리
아무도 강요하지 않는
영혼을 찌르는 울림 속으로 빠져들 수 있으리
오로지 하나의 인연을 만나려는 간절함으로
던진 온몸
한낮의 열기조차 들떠서 숨 막히는 불꽃,
신명나는 도가니다

도시의 고막이 찢길 듯 아무리 소리를 질러대도
활활 타오르는 숫 매미들의 한판 열정에 끼지 못하는
내 소리
쭉정이가 되어 나무 위에 걸려있다

해넘이

눈 한 번
감았다 떴다고 생각하는 순간
무섭게 줄달음치는 내리막길이네
갈라진 마음 벽 틈새로 바람 드는 소리로
이순耳順을 알리네
젊음을 갉아먹은 해가
서산으로 떨어지는 소리일 뿐이네
계절을 보낼 때마다
가렵고 뜨거웠을 몸 , 눈치 채지 못한 무능으로
거울을 보니
까마귀 발자국만 찍힌 얼굴이 낯설기만 하네
후끈 달아올랐던 열기도 식어서 몸은
연신 삐걱거리며 노을의 화법을 읽고 있네
여물지 못하고
거지주머니마냥 매달린 두 귀에서 채 삭지 않은
말들이 우수수 쏟아져 나가네

귓속의 깊이를 짚어보라는 듯
몸을 훑는 바람은
두루춘풍으로 소리 위를 걸으라 하네
무능을 깨우는
순한 귀 하나 덤으로 달아주네

안양문인협회, 안양여성문학회 회원
제9회 서울시 문예공모전 대상
제10회 서울시 문예공모전 금상
perl51@hanmail.net

박은순   31

이 지 호

스물다섯 비망록 외 4편

색깔의 무게를 달아보려고 했네. 스물다섯 나에게 저울을 선물한 이는 누구일까. 편지를 보내는 사람의 이름을 오래도록 불러 보았지. 다만 그에게 줄 약을 만드는 마음으로. 눈금을 바라보면 너니? 네가 쓴 말들을 감싸고 있는 달달한, 단단한 말을 너는 삼키라고 하는 거니. 눈금을 바라보면서 나는 너의 색깔을 달아보려고 했어. 너니? 네모난, 각티슈로 닦아내던 눈물에 네가 먼저 색을 입혔잖아.

색깔을 가지는 것들의 무게까지는 재지 못했는데 나는 색을 재고 싶었는지 누가 보냈는지 모르는 편지를 올려놓고 오래 눈금을 바라보았다. 너니? 네모난 각티슈. 말을 가두기에는 캡슐이 제격이야. 나의 말에 너는 질문을 받아야 하는 말을 정제에 박아놓고 새어나올까 봐 당의를 입혔다. 너와 나의 예의는 포장지에 따라 바뀌었고 외면한 슬픔이 저울 위에 가득했다. 가시 돋친 무게는 흔들리는 바늘을 잡지 못해 어떠한 약도 만들 수 없다고 너는 말했고 가벼운 것을 재는 저울은 무거운 거리가 있다고 나는 말했다. 처방의 문제라는 걸 나중에 알았지만 구겨진 무게는 떨림이 없었다. 색색의 알약들을 모아 저울에 올려놓고 색깔들이 모두 풀어지는 동안 잠을 잤다. 몇 밀리그램의 방부제가 효능을 오래 붙잡고 있었지만 꿈을 지웠다. 그 뒤 세상의 온갖 색을 알아보게 되었다. 그런데 다시 너니?

色

푸른 그늘 밑으로 오디가 쏟아진다
생리중이다
붉게 물든 오디물이 질기다

뽕나무 사이 숨어서 처음 오디를 따 먹었던
단맛보다 손맛으로 자꾸 따던 습관이
가슴으로 옮겨오면서
며칠 동안 내 말에는 검붉은 물이 들어 지워지지 않았다
후드득 떨어지던 열다섯

처음으로 色을 가진다는 것

말은 빙빙 도는 걸 즐겨 기억을 따르지 못한다
어느 풀숲으로 쓰러져도
그 풀숲의 색이 되어야 하는
계절을 몸에 모신다는 것

수평선을 바라보는 의자처럼 바람 속에 있었다
구름을 보고도 문득 色이 찾아오는 날을 세고

개인 날, 나머지 계절의 그늘이 말라간다
부끄럽지 않다는 듯
소리를 떨어내는 오디의 후일
낮은 달이 나무 사이를 지나는 때
유난히 반짝이는 눈동자가 잠시 한눈을 판다

지금쯤 오디가 후드득 떨어질 때가 되었다

박차정[*]

나를 혁명가로 불러다오

임철애 박철애 임철산
이름에 구애받지 않고 산 삶이지만
지금 나를 부르겠다면
아름다운 삶은 못되더라도 역동적 이야기가 남은
눈빛이 그대로인 혁명가로

조국에게 가는 길은 아주 고통스럽고 뼈아프다
나의 몸과 마음은 조국을 위해 내어준 시간

아버지의 억울하고 분한 자결
오빠들의 신간회와 의열단 활동보다
나를 움직인 것은 어머니의 바느질이었다.
날실과 씨실이 만나야 완전한 옷감이 만들어지듯
여자와 남자가 동등할 때 세상은 제대로 돌아가고

민초와 관리자가 함께할 때 나라는 세워진다

나의 학창시절은 철야徹夜**의 시간
거듭된 감옥살이는 굽음을 좇지 않고 올곧아지는
정신에 살을 붙이는 사건
광주학생항일운동에 이어 서울여학생운동까지
일제로부터의 해방과 여성 지위 향상을 외치는 근우회 활동
약해지는 찌꺼기를 버리고 불꽃이 되려고 고향을 떠났다

기억할 것인가, 잊을 것인가

반도에 있을 때 보이지 않던 것이
이방인으로 있으니 조국이
조국의 안과 밖이 더 잘 보인다

문학소녀였던 나는 글의 힘을 믿는다

진정한 동아시아의 평화를 건설하자는 호소는 응답할 거라고

의열단 조선혁명군사정치간부학교 조선민족혁명당 조선의용대
나는 여자부의 교관으로 교양교육과 훈련을
여성도 민족 해방 운동에 함께하도록
만국 부녀 대회 한국 대표로
대한민국 임시 정부에 특사로
부녀복무단장으로 무장투쟁을

강서성 곤륜산 전투
어깨에 총 맞은 상처는 결렬한 변화의 시대에 대한 기록이다
제국주의에 맞선 나는
감속 없이 앞으로만 향했다
시간을 나의 편으로 만들긴 못했지만
뜨겁게 총을 든 여성 전사다

기억이 있을 때만 시간이 흐른다

기억의 중심은 죽음

김원봉의 아내라 의열단에 있었다 말 하지마라
나 스스로 하나의 세계를 만든 것이다

우리 어머니가 자식 입에 먹을 것 먼저 주었듯이
죽은 나를 위해 밥 짓지 마라
산 사람이 밥 굶는다

초라하지도 부끄럽지도 않은
기쁨의 순간, 순간이었다
끝없이 앞으로 나아간 나의 생生을 사랑한다

*여성독립운동가(1910~1944)
**철야徹夜: 일신여학교 교지『일신』2집에 발표한 소설

독거

　오이넝쿨 사이 독거노인
　말라있는 꼭지. 더 이상 줄기도 없는 꽃의 한 지점을 지키고 있다.

　방문은 문밖 외부로부터 온다. 안으로 찾아오는 이 없이 꼭지 쪽
방문이 전부다.

　무성하던 이파리 시들고 말라가는 꼭지에도 늙은 오이는 제 속
내를 식량으로 질기게 견딘다.

　조루증 환자같이 겉만 늙은 품종이 있다. 탱글탱글 씨앗과 촉촉
한 물살. 깎아보면 여전히 속은 푸르다.

　노각을 다듬어 무치면 아삭아삭하고 향긋한 맛 친정엄마 말소
리 같고 어적어적 쌉쌀한 맛 시어머니 눈매 같다.

　친정엄마와 시어머니가 같이 들어 있는 맛, 늙은 맛이 이렇게

맛있는 줄 몰랐다. 맛에도 양쪽의 맛이 들어 있어야 맛있다는 것을
알았다.

　푸르던 잎, 꼭지도 지고 찾아오는 이 없는 끊어진 맛. 양쪽의 맛.
　동기간 끊어진 늙은 오이가 이 아침, 모로 누워 미동도 하지 않는다.

문 앞 배달

가끔은 도착점이 길어 스스로 돌아가는 물건이 있듯 집 언저리에
서 문을 찾지 못하는 것이 있다. 보이지 않는 길이 때론 정확하듯
중간에 전화가 오고. 지명이 적힌 돌에서 위쪽 산 방향 우회전으로
휘어져 보라고 친절하게 설명해 준다.

어둠의 포장, 캄캄한 도착점
마을 어귀에서 집까지 저녁의 거리
그 사이 시간은 부어터지고 기다림은 불어터지기 일쑤

햇볕이 못 찾는 그늘 밑의 식물. 불어터진 발가락들. 꽃을 빼꼼
열고 기다린 한 여름. 닿지 못한 빛은 부실한 열매에 가득 들어 식
물의 언저리에서 주파수를 찾는다. 만만한 것의 무게는 무거운 것
이어서 먼 집처럼 흐릿하다.

초경 후 짓무르는 딸기. 자고나면 돈을 볕과 창문 틈에 와 있는 샛
바람. 잎이 오고 꽃이 오고 벌이 오고 열매가 오고. 먼 곳에서 내

언저리로 비릿한 냄새를 풍기며 굽이굽이 찾아오는 것들.

　그늘의 식물에 드는 햇빛처럼 잘 찾지 못하는 택배가 있다. 되짚
어온 주소와 물건. 오는 홍시는 떫은 주소에 익숙하지 않고 짠 물결
의 굴비는 생물의 방향을 잘못 읽는다. 마을 입구에 세워진 돌 옆에
휴대전화 액정 빛이 반짝인다.

2011년 「창작과 비평」으로 등단
중앙대학교 대학원 문예창작학과 졸업, 안양예고에서 아이들을 가르침.
안양여성문학회 회원, 신동엽기념사업회 이사
지은 책으로 『시인의 안양공공예술 산책』과 시집으로는 『말끝에 매달린 심장』
bunsmile@naver.com

장 유 정

빈집 외 4편

감나무 밑에 새벽 잎사귀가 쌓이고 있다.
허공이 내어준 길이라고 겹겹
제 몸을 벌려 받아내고 있다.
촉촉하게 젖었던 눈가 마르며
바스락거리는 잎들의 신음소리
어둠을 밀쳐낸 밤처럼 잎사귀마다
상처로 얼룩져있다.
햇살이 눈동자를 찌를 때마다
안개 의상을 벗는다.
시선을 붙잡고 늘어지는 유난히 붉은 감
저물 무렵의 노을처럼 붉은 열매도
감당하기 힘든 고통은 뒷전으로 밀려나오나 보다
땅의 지붕에 누워 하늘을 본다.
가지에 매달린 허공이 투신한다.
생은 높은 곳에서 낮은 데로 떨어지는 것일까?
낙하가 크면 클수록 속 뭉그러져 으스러진다.

가지에 걸어둔 붉은 화인처럼
허공은 늘 빈집으로 남아있다.
더 이상 돌아갈 수 없는 계절이다
그렇게 가을은 어딘가로 맞닿아 있었다.

그늘이 말을 걸다

아버지는 오랫동안 그늘을 접고 다녔다
마을엔 솔씨가 날아들었고
푸른 깃털 같았다

목질단면이 이 산 저 산을 옮겨 다녔다
바람은 한 나무에서 오래 흔들리지 않는다
아버지는 남녘에서 서쪽의 창을 다는 목수
첨아에 기대어 사는 것들,
계절 없이는 집을 짓지 못한다.

머지않아 완성될 중창불사,
기슭의 접착력으로 터를 다지고 높은 보에 휘는 방향으로 서까래
를 맞춘다.
추운 바람으로 기와를 얹고
제비는 빨랫줄에 앉아
흔들릴 것 다 흔들린 다음에야 집으로 들어갔다.

아버지의 탁란은 늘 곯아 있었다.
그리고, 나무의 기둥이 침엽수에서 활엽수로 옮겨지는 때
연필 물고 높은 외줄 타듯
먹통에서 안목치수를 표시했다.

나무문을 지난다
얇은 바람이 깔린 마루에 눕는다.
앞가슴에 꽃살문 새겨 넣듯
그 문 삐걱거리는 소리인 듯 붉은 깃털 떨어져 날아다닌다.
침엽의 그늘이 말을 건다.

떠도는 지붕

바람으로 벽을 세운다.
해와 달을 훈제하는 뾰족한 꼭대기에는 바람의 뚜껑이 있다.
날씨 사이에 계절이 끼여 있는 벌판에
조립식 숨구멍을 튼다.
이것을 바람의 집이라 부르고 싶었다.

예각이 없는 벽,
구겨진 바람을 펴 문을 만든다.
환기창으로 들어 온 햇살은 시침만 있는 시간이 되고
불의 씨앗을 들여놓으면 집이 된다
집에서 흔들리는 것은 연기뿐이라는 듯
발굽이 있는 흰 연기들이 꾸물꾸물 날아오른다.

　한 그루 귀한 자작나무, 벌판의 한 가운데 서서 시계로 운영되고
있다. 푸른 지붕은 바람의 영역이다. 반짝거리는 초침이 다 날아
가도 재깍재깍 부속품들만 돈다. 흐린 날에는 시간도 쉰다.

빈집을 알리는 표시가 열려 있다.

정착하는 곳마다 그곳의 시간은 따로 있다
자작나무에 붙은 시간이 다 떨어지면 지붕을 걷고
게르! 하고 부를 때마다 게으른 잠이 눈에 든다.
바삭거리는 시간들이 날아간다.
집은 버리고 벽만 둘둘 말아 트럭에 싣는다.
떠도는 것은 지붕뿐이다.

독백

밤잠을 설친 날,
졸음 꽉 찬 하품을 하며
냉장고에 넣어둔 조개 꺼내
물에 씻어 끓였다
한숨에 입을 벌리는 것은 서너 개
꽉 다문 입술,
억지로 주리를 트니
밀물처럼 흙 가득 들어앉아
모래를 씹는 것 마냥 서걱거린다
국물에 쓰려고 한 뜸을 들인 후
냉장고에 남겨둔 조개 꺼내
우묵한 그릇에 소금물 담고
제 스스로 실토를 할 때까지
가만가만 모르는 체하며
굳어진 근육 관자를 열고
어금니처럼 아픈 속살 풀어 놓는다

적당히 우려낼 소금과 시간이
누구에게나 필요한 것이어서
맘먹고 어지간히 기다리기로 했다
꼭 다문 입에서
꾸역꾸역 토해놓는 이야기들
거품이 일기 시작했다

단풍

처음에는 얼굴이 화끈거렸다.
쿵쾅쿵쾅 가슴이 뛰기도 했다.
입이 마르고 몸에선
가문 날들의 흔적처럼
허연 각질들이 끼기 시작했다.
아마, 그때였는지도
훅! 하고 불같은 바람이 휙 지나가버렸어
뜨거움과 차가움의 차이를 알게 되었지
가지의 혈맥들이 갈라져
내 살은 터져버린 것 같았다.
뼈 속에 길을 막고 있는
그 무엇이 있다는 것을
가려움 같은 통증이 일기 시작했다.
까칠해진 얼굴은 푸석푸석 말라갔다.
심호흡을 했다.
지독한 폐경을 앓고 있는 중

2013년 「경인일보」 신춘문예 당선
안양여성문학회 회원
시집: 『그늘이 말을 걸다』
2017년 수주문학상 수상
yyjung612845@daum.net

장 정 욱

눈의 습관 외 4편

하나의 눈송이가
수천 개의 표정으로 변하면서
길고 긴 농담이 시작되었다

자정을 벗어난 겨울
테이블 전등은 입김을 불어 창문을 가려주었다

북극의 상상처럼 어둠은
눈꺼풀 위 얼음의 마스카라를 덧칠해
하얗게 지새울 밤을 예고했다

문이 덜컹거릴 때마다 바람이
차가운 밖의 습관들을 들여놓고 갔지만

함박눈보다 무거운
목소리는 불빛에 닿자마자 녹아버렸다

소복이 쌓인 초침을 세다보면
유리잔에 얼핏, 물방울 같은 당신의 한 마디

끝이 쓴 겨울을 남겨둔 채
잔 속의 눈발은 점점 희미해지고 있었다

물속에 꽂아둔 책

그는 물속에서 책 한 권을 건져 내었다

물빛에 바랜 에필로그와
물빛에 녹아든 마지막 구절을 찾고 있다

제목과 지은이 모두 지워진 책은
바닥의 평온을 읽기 시작했는지
오랫동안 물속에 고립되었다

의미가 다 빠져나간 줄거리
흐르고 흐르면
다음의 봄이 오고 말 텐데

텅 빈 페이지를 들여다보며
무릎이 허물어지도록
흐릿해진 밑줄에 몰두하는

빽빽한 밤

건져 올린 책 모서리에서 여백마저 흩어지면
더는 기억하지 못할 눈망울로
책속의 주인공이 그를 바라보았다

수평선의 사람들

석양이 황홀해질 때면
기차역 사람들은 저도 모르게 주머니를 뒤졌다

쓸쓸한 부레가 만져졌지만
아직은 그곳으로 떠날 수 없었다

발이 부르튼 채
부레를 채울 울음소리를 얻으러 다닐 때면
어떤 이는 한쪽 지느러미를
어떤 이는 지갑 속 꼬깃꼬깃해진 비늘을 조금 꺼내줄 뿐이었다

기차가 기적소리를 내며 재촉했지만
안개로 만들어진 사람들은
더 큰 물고기를 잡으려
그 자리를 떠나지 않고 있었다

그리움이 무릎까지 차오를 때
석양을 안고
푸른 눈망울로 헤엄치는 아이들

풍경을 구걸하던 모든 이름들은 이미 수평선 끝에 도달해 있었다

물결레일 위 비린 기차도
꼬리지느러미를 흔들며 달의 인력 속으로 사라져갔다

슬픈 장난

도로 위 검정비닐봉지 한 장
저 가벼운 것이
왜 날아가지 않았을까

천천히 차를 몰아
가까이 가보니
검은고양이 한 마리

겨우 남은 한 개의 바람으로는
그의 얼굴을 가릴 수도 없겠다

어느 가벼운 곳에서
그는 풀어진 나비넥타이를
다시 매고 있을까

네로의 방울소리가 아득히 들려왔다

아직 죽지 못한

고요하고도 서러운

장난이 그를 둘러싸고 있었다

격자무늬의 잠

상자 속 나는 웅크리고 있었다
또 한 사람이
상자를 입고 들어왔다

기울어진 눈빛을 견디는 일은
밤의 틀을 짜는 것처럼 어깨가 결렸다

각기 다른 음성으로 채워진
칸칸의 풍경

당신도 눈과 코를 갖고 있나요
등 뒤의 언어는
꽃말도 없이 태어나는 눈송이 같은 것

우리는 무덤으로 들어가는 통로를
네모 속의 네모라 부르며

위로보다 어두운 상자를 닫았다

2015년 『시로 여는 세상』으로 등단
안양문인협회, 안양여성문학회 회원
시집: 『여름 달력엔 종종 눈이 내렸다』
2018년 수주문학상 수상
42soori@hanmail.net

도심 속의 비둘기

멸퇴를 하고

거울 미로

종이 상자 집

정말 때깔 안 나는

정 이 진

도심 속의 비둘기 외 4편

어둡고 낡은 창틀에 기대어
버스에서 내리는
낯익은 얼굴을 기다린다

매일 그 시간이면 나타나는 할아버지
불임약 섞인 먹이 받아먹고
하루하루 힘겹게 살아간다

이 거리의 마지막 청소부

이제는 도시의 공해가 되었으니
할아버지의 족쇄 풀고
푸른 창공 날 수 있을까

공해 속에 길들여져 사육돼가는
우리는
비둘기가 되어 가고 있다

명퇴를 하고

꼭 찾아오라며 명함에 눈도장에
겉치레가 요란하다
무모한 허세가 좀 걸렸지만
혹시나 하여 찾아간 사무실
숨소리조차 들리지 않는 적막감에 난
내 숨소리에 놀란다
생경한 모습으로 몸 사리기 바쁜
아니 슬그머니 외면하는 친구의 모습
눈물겹다
눈치로 얼룩진 어깨의 그늘이
커 보이는 것이
차라리
내가 더 당당해진다

거울미로*

가만히 들여다본다
무수히 맺히는 많은 상들
빛과 어둠
시작과 끝
다른 세계로 통하는 입구
이 세계로 넘어오는 출구

일상의 피상적인 것들을 절제하고
심연으로 들어가
삶의 경계를 넘어
고요함으로 가는 여정

*안양 예술공원내 작품

종이 상자 집*

상자 곳곳엔 이야기가 담겨 있다
현실과 상상이 어우러지고
추억과 소망이 함께 만난다

상자 속 사라진 틈을 벌려
지연시킨 존재에 대한 물음

한때 누군가의 위로가 되어주던
조각의 퍼즐처럼 이어지는 공간
내일의 빛을 예약해두고 싶다

*안양 예술공원내 작품

정말 때깔 안 나는

잡지에 실어 준다며
몇 번씩 부탁해온 원고 청탁
미루다가
마감시간 임박해서 시 몇 편 보낸다

얼마 후
일렬로 나온 시의 틈바구니 속에
삐쭉 내보이는 나의 분신
안으로 안으로 숨어든다

모두들 자랑인양
과대포장으로 감춰진 채
배짱 좋게 웃고 있다

속이 없는 낱말들로 가득찬

애초부터 때깔 안 나는 시작이었다

정
말
때
깔
안
나
는

홍익대 미술대학 대학원 회화전공
동국대문학인회. 안양문인협회, 과천미술협회, 안양여성문학회 회원
저서: 「샤갈의 눈 내리는 마을」, 「내 눈 속에 살고 있는」, 「사랑하나 키우고 싶습니다」 그외 공저 다수
관악백일장 심사위원
그림 전시 초대 및 개인전 17회, 해외 아트페어 부스전 및 단체전 100여회
수상: 경향신문공모전 및 전국대한민국미술대전 입상 12회
eezin3@hanmail.net

정이진

정 지 윤

소금 외 4편

소금은
오는 거래요

먼 고래의 입김으로부터
학 한 마리 날아간 하늘로부터
염전을 지키는 할아버지 땀으로부터 온대요

저 깊은 바다를 향해
허리를 굽혀야 오는 거래요

바다가
하늘이
하얀 꽃을 피우러 오네요

하늘과 바다와 함께 일하는 염전

오늘은 구름이 먼 곳을 바라보네요
밀대가 밀리지 않을 만큼
소금이 왔어요

오늘은 간이 잘 맞는 날이에요

첫걸음

우주복을 입은 아기
한발 한발 걸음을 떼고 있어요

중력의 세계로 걸어가요

호기심이 뒤뚱뒤뚱 앞서가요

아직, 엄마의 중력이
호기심보다 강해서
몇 걸음 떼다 말고
멈칫,

자꾸 뒤를 돌아봐요

엄마는 뒤편에서 손짓하고
까르르 환해지는 아기 얼굴

보이지 않는 끈이
아이를 끌어당겨요

인어 꼬리 옷

뉴질랜드에는 인어가 살고 있대요
교통사고로 두 다리를 잃은 아줌마 이야기예요

"아줌마 다리는 어디 있어요?"
수영장에서 한 아이가 묻는 말에 당황해서
"나는 인어란다."
무심코 내뱉은 말 때문에
인어 꼬리 옷을 입고 인어가 되었대요

꼬리 옷을 입는 순간
불행했던 일들은 흘러가 버려요
금빛 비늘을 반짝이며 물 위로 떠오르는 인어
영화 속 주인공보다 더 당당하게 살아요

물살을 박차고 나가는 인어의 꼬리가
유난히 환해 보여요
밤마다 내 휠체어가 들썩거려요

민들레 작전

이렇게 가벼워지기까지
얼마나 오래 견뎌 왔을까

먼 바람에 실려 오는
낙하산 부대
내릴 곳 찾아 두리번거린다

먼지 낀 창문 틈
외딴 담벼락 그늘
보도블록 사이

어디든 내려앉아
뿌리 내리려는 낙하산 부대

향기로운 침투 작전

콩나물 외계인

숲 속 빈집
낡은 싱크대 거름망 속에서
콩 한 줄기 태어났어요

어느 외계 생명체처럼
플라스틱 분화구에서 삐죽,
고개를 내밀고 있어요

무거운 머리
가느다란 몸

습기를 찾아 촉수를 뻗고 있어요

땅속에 뿌리내리지 않아도
물이 없어도 살아갈 수 있어요

스테인레스 별에서도
기필코 살아남아
푸른 신호를 전송할 거예요

여기, 내가 있어요!

2014년 「창비어린이」 신인문학상 등단
2015년 「경상일보」 신춘문예 시 당선
2016년 「동아일보」 신춘문예 시조 당선
안양문인협회, 안양여성문학회 회원
동시집: 『어쩌면 정말 새일지도 몰라요』 (창비)
전태일문학상, 신석정촛불문학상, 김만중문학상, 한국안데르센문학상 등 수상
jmk4033@naver.com

조은숙

囚 외 4편

모든 유산상속을 포기했으나
젖이 돌지 않는 공갈젖가슴은 대물림되었다

몇 번의 죽은 아기를 품어야했던 수인,
그녀의 봉투는 늘 구겨지고 가난했다

눈만 뜨면 누구에게나 주어지는
무한 생산되던 매일 매일이
시한부 선고를 받은 그녀에겐
불공평한 유한의 시간이 되어

모진 삶을 요구하던 거세된 시간은
스스로 자폐라는 틀에 갇혀버린 그녀를
사각영정사진틀 안에 수감해버렸다

그림자처럼 자취를 숨긴 문상객은

바람처럼 왔다가는 귀신보다 먼저 일어나고

검정 머리띠를 한 우울한 수인의 빈소에는
흙냄새를 실은 바람만 짧게 머물렀다

감염

조각달이 뜨는 밤이면 옆방에선 어김없이
엄마의 울음소리가 났다
나는 그 소리에 전염이라도 될까
이불을 덮어쓰고 모르는 척 했다

고향 잃은 상실감은 물때 맞춘 민물처럼 차올라
낡은 홑청의 경계를 허물었고
눈물의 꼬리는 사리 때마다 길게 이어졌다

까마귀 가슴 깃털처럼 푸른 새벽이 얼굴을 내밀면
그제야 등을 돌리던 흐느낌

방을 옮기며 한동안 무시했던 소리가
느닷없이 역류했다, 물때도 아닌데
낮 밤 분별없이 울컥울컥 치밀어 오르면
숨 한 번 꾹 참았다가

누름돌로 다시 꾸욱 눌러보지만

삼킬 수도 뱉을 수도 없는 울먹임에
나는 솜이불을 뒤집어쓰고
소리죽여 꺽꺽거렸다

자화상

일출 일몰 바다 그림 전시장에서

동트는 아침 금빛으로 반짝이는 바다는
새벽일 나가는 구릿빛 얼굴의 아버지로
생선 한 마리 들고 웃으며 돌아오는 아버지는
은비늘처럼 반짝이며 노을 지는 바다로

우리는 그렇게 서로를 바라보았다

방파제로 아버지를 만나러 간 적이 있었다
그날 태종대 바다는 이마 주름이 깊었다
암초라도 만난 듯 파도는 하얗게 부서진 채로
자갈밭까지 밀려왔다

시간이 지나도 살림 새는 구멍은 줄지 않고
아무리 참으려 해도 참아지지 않는

속상한 일이 있음을 아는 듯

바다에는 아버지가 있고 그 안에 내가 있는 그림
작품명이 자화상이다

여름 낙엽

노파의 가슴 엑스레이사진에는 벌레집이 가득했다
이상한 혹과 구멍들이 잔뜩 붙은 가을 나뭇잎처럼

허물을 벗은 애벌레가 가녀린 잎맥을 갉아먹고
꽈리 하나씩 꿰차고 앉았어도 아무 내색을 하지 않았기에

이상해 보여도 전혀 이상한 일이 아니었다

다른 이에게는 산들바람이
구멍 숭숭한 노파의 폐부로 삭풍처럼 들이닥쳐
가쁜 숨을 가룽거릴 때야 비로소
생명줄이 아슬아슬함을 알았다

그만 흔들리고 놓아버리면 편해질 것을

먼 길 돌아온 풍운아에게
갓 부화한 흰나비의 날갯짓 같은

약한 떨림을 보여주던 모니터

화면 속 잔잔한 숨결도
방울방울 떨어지던 링거액도
한꺼번에 숨을 죽이고

삭정이 허물로 매달려있던 노목의 가랑잎도 그제야
툭,
떨어졌다

검은 만다라

봄의 끝 길에서 만난 연 씨 세 알
흠집을 내면 꽃이 빨리 핀다하여
단단한 껍질에 함부로 칼을 들이댔다

성급한 칼에 상처를 입은 건 내 손,
손가락은 금방 검붉은 꽃을 피웠다

머리가 깨진 연자는
옹기 뚜껑 물속에서 잠잠하고
피의 맛을 본 엄지는
지끈지끈 들끓으며 욱신욱신 발화했다

내가 먼저 꽃을 보겠다는 욕심우
기다림이 잘린 연자의 꽃 문을 열지 못하고
지문 끊긴 엄지에
깊고 진한 만다라를 새겼다

안양문인협회 감사, 안양여성문학회 회원
안양시 자원봉사센터 APAP 도슨트 봉사 표창장 수상
자원봉사 활성화 유공 표창장 수상
제 13회 삶의 향기 「동서문학상」 시 부문 입상
61107@hanmail.net

팝업북

임종, 사거리를 지나는 시간

깨어나는 프리즘

육식성 항구

앵무새의 추궁

한 명 원

팝업북 외 4편

창문을 열면 숲이 불쑥 튀어나오지
숨어있던 정원이 보이고 나무들은 자주 구겨지지
데이지 꽃은 평면으로 피고
물 냄새가 지나가는 쪽으로 가끔 접히기도 하지
들판을 가로질러 토끼가 보였어
바람을 잡아당기면 풀들이 딸려 나와
지그재그 굴이 보이고
토끼는 한 번도 그 속으로 사라진 적 없지
회중시계는 멈추어 있고
서 있는 숲, 지구 어디쯤 있을까 궁금하지

이 마을은 조용하고 말들은 몇 줄 있지도 않아
아기가 이파리를 잡아당기면
나뭇가지들은 잘려나가고 숲은 주저앉지
데이지 꽃과 개울이 사라졌어
들판을 가로질러 가던 토끼는 아기 손에 잡혀 내동댕이쳐지지

멈추어 있던 회중시계가 움직이고
모서리가 아코디언처럼 쭉 펼쳐지지
그 사이로 손을 넣으면 팬 북처럼 원을 그리며 줄줄이 나와
도도새 독수리 도마뱀 애벌레가 아기 발에 밟혀 나가지
부서진 숲, 지구 어디쯤 있을까 궁금하지

어느새 아기는 잠들어
분수 치솟는 데이지 뜰을 아장아장 걷고 있겠지
내일은 어떤 지구의 모습이 불쑥 튀어나올까

임종, 사거리를 지나는 시간

사방이 열렸다
한 곳이 닫히는 시간
초록 불빛이 깜박거리듯 생과 생이
이쪽에서 저쪽으로
저쪽에서 이쪽으로 건너온다

18초짜리 이파리들이
죽은 나뭇가지에 매달려
바람이 불때마다 1초로 소진된다
18초만큼 인간이 늙어왔고
18초만큼 숫자는 어려진다

인간계의 풍경이 빠져나가는 눈꺼풀은 무겁다

비상 점멸등이 속도를 들어 올리는 시간
발자국들이 굳어간다

1초 뒤가 먼 미래처럼
웃거나 소리치거나 화를 낸다
스쳐 지나가는 옷깃들을 순식간에 입었다 벗는다
이내, 그림자마저 벗는다

0이 되는 순간
나무는 죽거나 살아난다
일방이 사라진 통행은
길 위로 경적소리와 욕설들이 쏟아진다
뛰는 아이는
죽은 자와 산자들의 욕설을 동시에 듣는다

할머니가 임종하는 18초
닫히는 한 생을 열고
다급히 뛰어오는 아이가 있다

깨어나는 프리즘

　의자가 좌우로 움직이기 시작할 때가 있었어 엄마가 흔들어 주던 요람 같았지 만화경으로 보던 세상이 눈꺼풀 위로 내려앉았어 그 때, 바람의 촉감으로 꽃은 태어났고 구름의 연필은 정원을 그렸지 손으로 꽉 쥐고 있었던 소리들이 하나씩 손가락 사이로 빠져 나갔어 물방울이 튕겨져 나가는 파장처럼 얼굴은 변해가기 시작했지

　의자가 속도를 내기 시작할 때가 있었어 좌우, 위아래로 몹시 흔들렸지 어느새 자동차로 변해 달리고 어느새 비행기로 변해 날기 시작했어 구름 위로 올라가 달과 별을 뒤로하며 우주 속으로 들어가는 것 같았어 귀밑으로 쌩쌩 지나가는 운석들, 나는 핸들 없는 운전석에서 핸들을 잡고 피하는 시늉을 해봤어 바람이 몹시 불었지 머리카락 사이로 우주가 빠져 나가는 것 같았어 별들이 얼굴에 부딪치며 터지는 소리, 이가 딱딱 부딪치는 소리, 우주가 터지는 소리

　번개가 요란하게 칠 때가 있었어 색색의 레이저를 누군가 쏘아댔지

―괴물들은 도대체 어디에 있는 거야

　―나는 아직 특수 옷을 입지 않았단 말이야

블루투스를 얼른 귀에 끼고 아침에 충전을 시킨 로봇을 불러봤어

　―스위치는 어디에 있는 거야 이 상황을 멈추고 싶다 오버

행성을 탐사 나갔다는 로봇에게 교신이 왔어

　―손발이 잘려나갔다 목도 잘려나갔다

　―나를 고쳐야 4D를 빠져 나갈 수 있다

　―빠른 시간에 제작사를 찾아 투자 협찬을 받아와라 오버

바닥에 뒹굴고 있는 로봇의 머리통을 가방 속에 집어넣었어

　의자가 멈췄어 안경을 벗었어 5D의 세상이야

육식성 항구

비릿한 피 냄새가 유령처럼 떠다닌다
비명도 없이 손과 발이 잘려나가고
팔딱거리는 숨소리, 꿈틀꿈틀 바닥을 긁는 소리

출항했던 배들이 돌아오면 순식간에 먹잇감을 먹어치우는 항구
가 있다 수 세기 동안 이 항구의 이빨이 빠지면 다시 솟아올라 날
카로워지기를 반복했다 방패 같은 피부는 폭풍이 와도 끄떡없다
특히 후각이 발달하여 멀리 떨어져있는 어선의 피 냄새를 잘 맡는
다 그럴 때면 어판장이 분주해진다

고래가 그물에 걸려 들어오는 날
고함소리에 어부의 꿈이 팔려나간다
오후가 되면 항구의 배설물 냄새가
구름에 배어 구역질이 난다

태풍이라도 불면 먼 바다 쪽을 향해 텅 빈 입을 벌리고 있는 육식

성 아가리, 짠 맛이 입안 가득하지만 번뜩이는 등대 눈빛은 해안선을 감았다가 푼다 폭풍의 포효에 침묵하는 항구, 목덜미 근처에 바람이 분다 저것은 휘날리는 털 같다

　내 아버지는 평생을 저 목덜미 근처에서 보냈다

앵무새의 추궁

사내는 자꾸 같은 말을 반복하고
사내는 자꾸 다른 말로 추궁한다

그 사이에 앵무새가 있다

앵무새는 이야기를 모른다
강요하는 말과 강요받는 말 사이에
오해가 있고 새장이 있다

방금 전에 한 모든 말들은
반복적으로 듣고 싶은 말
날아오르거나 날고 싶어 내 뺏은 말들

구름을 중얼거리자 앵무새는 장미라고 말한다
구름은 장미 속에 언제 들어갔을까
가벼운 말이 두꺼운 말로 변해갈 때

귓속에서 비가 내리고
어제와 오늘의 색깔이 달라진다

바둑알은 무리지어 집을 만들고
단어와 단어는 귀에 박혀
추궁을 하는 건지 추궁을 당하는 건지
앵무새의 말을 사내가 하고 있다

의미는 사라지고 무의미의 입이
화려한 깃털을 솎아낸다

2012년 「조선일보」 신춘문예 등단
중앙대 대학원 문학창작학과 석사졸업
안양여성문학회 회원
S그룹 경영자 모임: 상실과 치유의 글쓰기 강의
H사 직원 연수 : 인문학 강의
G사 : 승진논술 강의, 독서코칭 강의
08bada@hanmail.net

푸른 달

첫눈

백 년의 시간을 달리다

그늘에 발을 적시다

스스로 갇히다

한 인 실

푸른 달 외 4편

비린 달이 뜰 무렵
동짓달 어둠이 비명 질렀다
축복이란 말은 낯설었다

해바라기 가로등이
켜진 집에서
계절의 품앗이로
겉과 속이 여물어 갔다

그곳에서 멀어진 줄
알았는데 착각이었다
더 가까이 다가와 있었다

젖은 걸음으로 구름 속
헤매던 나의 푸른 달

밝은 웃음 덕분에
뒤편의 그늘은 보이지 않았다

첫눈

시간의 페이지가
더디게 넘어가고
목이 길어지는 날이 잦아졌다

기다림이 시들해질 무렵
연락도 없이 네가 찾아왔다

북적대는 반가움에
눈 속 가득 너를 담았다

늘 바쁜 너는
서둘러 돌아가야 했다

서운했지만
먼발치에서 오래 바라보았다
잠깐의 만남이었지만

나는 또 기다릴 것이다

녹지 않는 너를 마음에 품은 채

백 년의 시간을 달리다

수시로 흔들렸으나
그때마다 중심을 바로 세웠다

비워 둔 마음자리
욕심으로 채우고 싶은
유혹이 생길 때마다

나는 대쪽 같은
고집으로 밀고 나갔다

제대로 가는 길인지 분간이 흐려지고
주저앉고 싶었던 순간마다
굵은 마디가 생겼다

드디어 백년의 시간 역에
도착한 후

남은 기운 모아 꽃불 지폈다

이제는 긴 휴식이 필요한 시간
나는 손 흔들며 녹슬어 갔다

그늘에 발을 적시다

그늘 속으로
여름 내내 마실 다녔다

나는 초록의 바깥을 외면한 채
안쪽으로만 파고 들었다

그늘의 수심이 깊은 곳으로
들어가 맨발을 적셨다

이른 아침이면
바람 의자에 앉아
풍경으로 머물러 있곤 했다

이제는
그늘 쪽으로 기울어진
마음의

중심을 바로 잡아야 할 때

너도 한 때
나에게 그늘이었다

스스로 갇히다

북서풍을 타고 몰려온 불청객들
자욱한 표정으로 곳곳에 대치 중이다
밀폐된 집 안에서 불편이 쌓인다
창 너머 보이는 우두커니 풍경들
아이의 웃음소리가 자라지 못하고
종종걸음으로 바깥을 벗어난다
하루에도 여러 번
흐르는 물로 불편을 씻어내린다
온통 찜찜한 생각들
불편이 불안 쪽으로 옮겨 앉는다
마스크로 채워진 날들이 우울을 불러오고
예민해진 신경이 날을 세운다
잠깐의 들락거림에도
틈새를 비집고 자리 잡는 유랑의 족속들
사라지게 하는 건
소름 돋는 냉기류가 유일하다

오늘도 나는 스스로 불안에 갇혔다

안양문인협회, 안양여성문학회, 천수문학회 회원
is-han57@hanmail.net

층간

동문서답

테두리만 남은 말

지구를 떠났다

캔에서 깡통으로

허 인 혜

층간 외 4편

천정에 부유하던 생각들이
어둠을 벌컥 열고 들어온 그의 발길에 차인다.

자우룩했던 고요가 사방으로 흩어져
소리의 동선은 늘 복잡하게 얽힌다

이리저리 뒤척여 빠져나와 보려 하지만
소리의 올무가 몸을 조여왔다

강아지의 울음이 붙어있는 바닥을
베개 속에 구겨 넣고 밤에 끌려다녔다

발자국이 난무한 이불 밑에서
가느다란 넝쿨손이 신음처럼 삐져나온다

소음이 살고 있다

그는 야행성이다
불법 체류자다

나는 늘 층을 내주고
겨우
층간에 산다

동문서답

말없이
오래 내려다 본
눈길

젖은 길이 선잠 위로 번졌다

언제 왔어요?
 약 먹었어?
지금 몇 시예요?
 벌써 매화가 피었어
언제 봄이 왔는데요?
 오는 길에 하얀 나비를 봤어
어머니를 따라가다가 깼어요

병실이 묻고
봄 언덕이 대답했다

테두리만 남은 말

미각을 잃은 혀 위에 올려져 있는 말은
컵의 테두리를 겉돌다 미완의 문장으로 번졌다

입술이 풀어 놓은 붉은 물고기는
모래바닥을 헤엄치며 지워지는 중이다

빗살무늬 아가미에
호흡이 붉게 젖어갈 때
창밖의 달은
멀어진 수평선을 힘겹게 끌고 온다

손잡이에 찍힌 지문 사이로
먼 곳의 물소리가 빠져나가고
품었던 저녁이 느리게 식어갔다

나를 비워버린 커피잔에
낡은 바다가 물결무늬를 새겨놓고 물러나고 있다

지구를 떠났다

공항엔 자동문 사이로 늘 사라지는
뿌연 말줄임표가 있다

비행기모드 전환 사이에 끼어 있던
부음 메시지 하나

하늘과 땅의 경계에서
마음이 흔들렸다

나를 통과한 몇 개의 문은
이미 굳게 닫혀 있고
나를 예약한 의자는 허리에 벨트를 묶었다

요양 중이셨는데
침대에 묶인 손발이 답답하셨는지
구름을 딛고 가는 자유로운 저 보행

옆구리에 챙긴 책 한 권
어느 구름언덕에 앉아서 읽고 가시려나

열 수 없는 창문을
자꾸 따라오며 두드린다

구름 신발을 벗지 않은 그는
나를 배웅하고 바람의 길을 다시 떠났고
그의 배웅을 받은 나는
그가 떠난 쓸쓸한 지구로 다시 소환되었다

캔에서 깡통으로

푸른 지느러미를 구겨 넣는 순간
바다는 시한부가 되었다

밀폐된 시간의 길이에 잣대를 대고
소비자와 판매자 간에
밀리고 밀리는 눈치작전이 이어졌다
서열의 질서는 자주 혼란이 생긴다
운명은 눈금 위에서 떨잠처럼 파르르 떨리고
불안과 긴장은 출구가 없다
어린 시간에는
긴 눈금의 짧은 운명이
늙은 시간에는
짧은 눈금의 질긴 운명이 도사리고 있다

생년월일만 확실한 나는
눈금 없는 자를 가지고 산다

유통기간의 길이를 잴 수 없어 우왕좌왕 헤맨다
속에 든 것은 아무것도 없이 목소리만 커진다

아이들을 따라 바다가 빠져나간 자리
비린내만 납작하게 구겨져 있다

제36회 마로니에여성백일장 시 장원으로 등단
안양문인협회 부회장, 안양여성문학회 회장
제1회 평택생태시문학상 우수상 수상
제21회 아리문화상 수상
herdk@hanmail.net

신동엽 시인 50주기 문학기행

1. 신동엽 시인의 서울시대를 되짚어 가보다

_ 허인혜

시인의 발자취를 따라나서는 마음이 6월의 신록처럼 일렁였다.

여러 질곡의 역사를 거쳐 오면서, 특히 나의 세대는 1980년대를 통과하면서 누구나 한번쯤은 '껍데기는 가라' 라는 절규의 목소리를 간간이 들었을 것이다. 그러나 나는 못 들은 체하며 살아 온 듯하다. 멀리 와서 돌아보니 마음에 쌓인 부채의식이 두꺼웠다.

이번 서울지역 문학기행은 신동엽 시인으로 빙의된 배우 김중기 씨가 장소와 연관된 짧은 상황극을 펼쳐서 보는 재미와 시인의 삶을 이해하는 폭을 넓혀 주었다. 시인이 머물렀던 공간이 삶과 문학에 어떤 영향을 주었는지 작품을 소개하고 관계된 시를 낭송해 주는 시간이었다. 더욱이 시인의 장남인 현 서울 의대 신좌섭 교수의 동행으로 문학기행은 더욱 큰 의미가 있었다.

전후의 가난과 혼란의 격동기를 거치며 신동엽 시인은 고향을 떠나 고달픈 서울 생활을 시작한다. 생활인으로서의 삶과 꿈과 이상을 실현하려는 자구책으로 헌책방을 운용하게 되는데 시인은 그 곳에서 운명적인 필생의 반려자 인병선을 만난다. 행복과 불행은 언제나 한 짝이듯 행복한 가정과 동시에 문학의 꿈도 안정적으로 이루어 가는 듯 했지만 건강상의 위기가 닥치고 그 와중에 신춘문예를 통해 작품 활동을 할 수 있는 계기가 마련되기도 한다.

인병선을 만난 헌책방을 시작으로 가족과 함께 다복한 시간을 보낸 돈암동 일대를 답사했다. 자상하고 다정한 한 가정의 가장으로, 시대적 사명감과 책임감이 남달랐던 교육자와 시인으로의 삶은 짧고 굵었다. 어딘가 아직 시인의 발자국이 남아 있을 법한 돈암 내천에서는 어른 키만큼 자란 갈대가 끝없이 6월의 푸른 바람을 일궈 냇물에 풀어 놓고 있었다. 시인의 마지막 숨결을 싣고 흰나비 한 마리 옛 집터 쪽으로 날아간다. 종묘가 한 눈에 펼쳐진 세운상가 테라스에서 시인의 '종로5가' 시를 음미하는 시간은 마음을 한없이 숙연하게 했다.

짧은 단어와 문장과, 행과 연으로 이루어진 시 한 편이 대하소설의 의미를 충분

히 담아 공감과 감동을 주는 것이 또한 신동엽 시인만이 가질 수 있는 시의 힘이라 생각된다. 다행이 부여에 생가와 문학관이 잘 조성되어 있다지만 여러 문학작품의 산실이었고 배경이 된 서울의 장소들이 아무런 흔적 없이 개발의 이름으로 사라져가는 것은 안타깝기 그지없는 일이다. 마침 북유럽을 순방 중인 문재인 대통령께서 시인의 산문시를 스웨덴 의회 연설문에 인용하셨다 한다. 불후의 명시란 시대를 초월하여 끝없이 애송되고 회자된다.

시인의 첫 시집 『아사녀』 출판기념회가 열렸다던 반도호텔 근방의 거리를 서울시청 로비에서 건너다보며 서울지역 문학기행을 마무리 했다. 오늘 문학답사를 통해 사라지고 잊혀져가는 소중한 자산들을 앞으로 어떻게 계승하고 지켜나가야 될지 문제의식을 깊게 느낀 하루였다. 우리 일행은 '좋은 언어' 시를 모두 함께 낭송하며 조금이나마 알곡의 시간으로 채우고 시인과 같이 노을로 물들어 갔다.

신동엽 시인 50주기 문학기행

2. 신동엽 시인의 부여시대를 찾아서

_ 류순희

오랜만에 가게 되는 문학기행을 앞두고 나는 설렘 반 걱정 반으로 애꿎은 밤만 지새우고 말았다. 또 다른 이름의 미탁이라는 태풍이 아직도 남부지방에 머물고 있다지만 가끔은 일기예보도 정확하지 않을 때가 있으므로, 충청지역에 위치한 신동엽의 부여시대를 만나기 위해 떠나는 이번 문학기행은 내가 정말 만나고 싶고 가보고 싶었던 곳이었기에 더욱 그럴 수밖에 없었던 것 같다.

지금은 수도권에 살고 있지만 내 고향은 부여에서 그리 멀지 않은 곳이었음에도 불구하고 부여에 갈 수 있는 기회란 안타깝게도 허락되지 않았었다. 금강 근처에도 한 번 가보지 못하고 살아왔으니 그동안 시를 쓰면서 민족시인 신동엽의 시가 탄생된 곳에 대한 궁금증과 그의 시 세계를 더듬어 볼 수 있는 기회를 얼마나 갈망해왔던지.

버스를 타고 충청도로 접어드는 순간 코끝에 감겨오는 익숙한 가을 내음, 그가 다녔던 부여초등학교에서 신동엽 시인의 어린 모습을 상상해 보다 마치 우리 반 아이였던 것처럼 금세 친숙해지는 감정에 빠져드는 건 어찌할 도리가 없다.

금강 가 숲속 그의 시가 새겨진 시비 앞에서는 돌연 펼쳐지는 상황극, 배우 김중기씨와 김응교 시인의 때론 진지하고 때론 익살스런 연기에 몰입하다 보니 어느덧 시간은 과거 속으로 거슬러 올라가 있었다. 신동엽 시인과 김수영 시인과의 대화가 무르익는가 싶더니 신동엽 시인이 바로 우리 앞에 서서 〈산에 언덕에〉를

매끄럽게 읽어 내려가고 있지 않은가. 중학교 3학년 교과서에 실린 이 작품이 전쟁과 4·19 등 죽어간 영혼들을 추모하는 추모시로 읽을 수도 있고 노자사상을 엿볼 수 있는 순환론적 자연관에 기초한 시라고 김응교 시인은 설명하고 있다.

이제 그가 떠난 지 50주기, 밤새 염려했던 태풍의 영향과는 달리 쾌청한 오후의 시간, 신동엽 문학관에서는 시인의 50주기 기념식이 이미 진행 중에 있었는데 그의 장남 신좌섭 교수의 왜소하지만 침착하고 당찬 목소리의 인사말에서 시인의 모습과 그의 시 정신을 가히 읽어낼 수가 있었다.

문학관에서의 기념식이 거의 끝나갈 무렵 우리는 백마강에 이르러 구드래 나루터에서 3시 30분으로 예약된 배를 타고 부소산을 올랐다. 고란사의 고란초는 존재하기나 한 건지. 궁금증을 뒤로한 채 고란정 맑은 물에 목을 축였다. 그리고 백화정에 잠시 올라 멸망하는 백제의 마지막 숨결이 유유히 흐르고 있는 금강을 굽어보았다. 조금 내려가 낙화암을 아래에 두고 있는 널따란 바위에 걸터앉아 신동엽 시인을 민족시인으로 만든 작품 〈금강〉의 무대가 된 장소를 헤아려 보았다. 그렇게 얼마의 시간이 흐른 뒤 바람버섯은 어디로 날아가 새 씨가 되었는지 백마강 기슭에 물음표 하나 던져놓고 산을 내려왔다.

국가의 역사적 전환기에 그의 가슴은 그토록 뜨겁기만 했던가.

신동엽 시인의 짧은 생애는 시대적 크고 굵직한 사건들로 파란만장할 수밖에 없었겠으나 그는 여전히 고향과 금강을 또렷이 노래하는 시인이었고 글로써 사회적 혼란과 갈등 그리고 온갖 비리와 부조리가 난무한 암울스런 시대적 환경을 척결하는데 주저하지 않던 시인. 혁명을 꿈꾸되 더불어 영원한 사랑을 노래한 시인. 신동엽 시인은 내게 또 하나의 금강이었다.

_ 안양시학 동인 시집

『어쩌면 정말 새일지도 몰라요』 정지윤 동시집

『여름 달력엔 종종 눈이 내렸다』 장정욱

『말 끝에 매달린 심장』 이지호

『사과의 생각』 노수옥

『기억에도 이끼가 낀다』 노수옥

『내 눈 속에 살고 있는』 정이진

『사랑 하나 키우고 싶습니다』 정이진

『샤갈의 눈내리는 마을』 정이진

안양여성문학회 동인지 8

안양시학

초판 인쇄 2019년 11월 21일
초판 발행 2019년 11월 30일

지은이 안양여성문학회 (허인혜 외 11명)
펴낸이 장지섭
펴낸곳 도서출판 시인
  등록번호 제384-2010-000001호
  등록일자 2010년 1월 11일
  13992 경기도 안양시 만안구 안양로 320번길 20(안양동) B동 2층

  Tel 031-441-5558   Fax 031-444-1828
  E mail : siin11@hanmail.net / http://cafe.daum.net/e-poet

ⓒ 안양여성문학회 2019

ISBN 979-11-85479-25-5   03810
ISSN 2672-1732

※ 이 책은 2019년 안양시의 문화예술진흥기금 일부를 지원받아 제작되었습니다.